MINUANO
TABAJARA RUAS

3ª edição / Porto Alegre-RS / 2016

Para Paulo Seben, ReNato Bittencourt Gomes e André Seffrin, homens de letras.

PARTE 1

1 Os olhos de minha mãe eram como estrelas. Estrelas brilham no escuro. Os olhos de minha mãe brilhavam no estábulo escuro, quando nos recolhiam nas noites de inverno, e aquele brilho afastava todos os medos. Eu tinha vários tipos de medo. Do escuro, com toda a certeza. Tinha medo do frio que fazia naquelas alturas e que queimava a grama, primeiro deixando ela toda branca e, depois, amarelada. Tinha medo do domador e do seu rebenque, que tinha uma argola de prata no cabo. Tinha medo de Altivo, que era o cavalo mais forte e mais brabo de toda a estância e de quem até o domador tinha medo. Mas, de verdade, medo mesmo, eu tinha medo era do leão baio.

2

O leão baio era o bicho mais bonito que eu já tinha visto. Isso pode parecer meio pretensioso porque quando eu vi o leão baio pela primeira vez eu tinha só dez dias de vida e, portanto, não tinha visto muita coisa ainda. Tanto que estava entretido olhando a fileira de formigas carregando folhas verdes nas costas, admirado com a força e a disciplina delas, quando meu coração se encheu de alegria porque a menos de dez metros o leão baio me olhava em silêncio. Era o bicho mais bonito que eu já tinha visto. Os olhos dele eram dourados. A cauda se mexia em lentas ondulações. Ele tinha a parte da frente do corpo um pouco abaixada, a cabeça de príncipe rente ao chão e as patas dianteiras cravadas no solo duro. Era verão, ali, no meio das pedras, perto do abismo, e ele me olhava.

3 Eu tinha três irmãos maiores do que eu, que estavam um pouco afastados, mordendo a grama que crescia entre as pedras. Minha mãe estava com eles, dava cabeçadas gentis, relinchavam com o prazer que o verão provoca só porque é verão e é de manhã. Na hora, me deu vontade de gritar para minha mãe e dizer olha que bicho bonito, o bicho mais bonito que eu já vi. Mas não deu tempo. Ele ficou mais bonito ainda do que já era, ficou mais dourado e mais glorioso, porque cresceu de repente. Aumentou de tamanho. Ficou enorme. Vi que ele tinha um brilho mau nos olhos dourados. Vi que ele se precipitou sobre mim com a grande boca aberta e senti os dentes pontudos na minha anca e eu paralisado e perplexo porque pensava que ele queria brincar e não sabia que aquele brilho nos olhos era mau. Eu não conhecia ainda aquele brilho. Depois, vi o mesmo brilho várias vezes em outros bichos, no homem, principalmente, mas, ali, naquela manhã de verão, eu tinha só dez dias de vida e o leão baio era tão bonito.

4

Não falei no meu pai, ainda. Ele me salvou. É isso que os pais fazem, aprendi naquele dia. No momento em que o leão baio começou a me arrastar para o bosque de araucárias, meu pai apareceu relinchando selvagemente, dando patadas e coices, assustando o leão baio, que me largou. Os outros cavalos nos cercaram, minha mãe começou a lamber minhas feridas, meu pai respirava com dificuldade e Altivo dava voltas em torno da manada, com a cabeça erguida e os olhos fuzilando, como deve fazer um líder. Os peões da estância me levaram para a sede e cuidaram de mim. Um deles queria me deixar, mas outro lembrou que Dona Dindinha gostava de mim. Dona Dindinha era neta da Dona da estância e, então, eles me levaram e cuidaram de mim. Foi a Dona da estância quem me botou o nome de Minuano, porque no dia que eu nasci, batia um vento de vergar araucária, e esse vento vinha de longe, das terras geladas da Patagônia, e se chama Minuano, como os índios, e por isso botaram esse nome em mim.

5 Além de não ter medo de leão baio, que nem eu, meu pai era o cavalo mais veloz de toda a região dos Campos de Cima da Serra, onde ficava a estância que a gente morava. Eu conto isso não para me vangloriar dos feitos do meu pai, que era um tordilho negro discreto e digno, mas porque foi no domingo em que ele ganhou cinco carreiras seguidas, um domingo de carreira, churrasco e baile lá na fazenda, e porque foi nesse domingo quando ouvi pela primeira vez a palavra guerra. Custei a entender o que era, por mais que eles explicassem. Mas essa palavra curta e sem graça mudou a vida de todos os que moravam lá na estância.

6 Depois da quinta carreira chegou um grupo de homens fardados, oficiais do exército, elegantes e atenciosos. As coisas que eles disseram deixou todo mundo calado. Até a acordeona se calou. Alguns, os mais jovens, filhos da Dona e de estancieiros vizinhos, deram pulos de alegria e se

abraçaram, mas a maioria ficou calada. A peonada ficou calada. A Dona ficou calada e pálida, abraçada à Dona Dindinha. E vi os mais velhos olharem com reprovação para os jovens que davam gritos e cercavam com entusiasmo os oficiais. Eles vinham em nome do general Bento Gonçalves da Silva e disseram que estávamos em guerra. Guerra revolucionária contra o Império opressor. Que precisavam de homens fortes e valentes para defender o Rio Grande.

7 Nas semanas seguintes, só se falou na guerra. A estância toda se preparou para a guerra. Havia um frenesi, uma urgência, uma espécie de loucura alegre com tantos preparativos e correria. O nome que mais se ouvia era o do general Bento Gonçalves. Todos exaltavam as virtudes do general Bento Gonçalves. A estância toda vivia uma paixão louca e insensata pelo general Bento Gonçalves. Todos idealizavam o general Bento Gonçalves, da peonada no galpão até a sala grande da casa da Dona. E todos

falavam de como ele ia derrotar os imperiais, acabar com os impostos e fundar uma república. Do jeito que falavam a palavra república, enchendo a boca, se esperava que ela fosse nos tornar todos maiores e melhores e não haveria mais dores, nem medos, nem fome, nem leões baios. Mas, para isso, Bento Gonçalves precisava enfrentar a guerra e vencer a guerra.

8 Seguiram-se semanas em que a euforia dos primeiros dias amainou e começou uma época tediosa, de espera, como se contássemos os dias para ir para a guerra. Choveu muito nesses dias, choveu sem parar e os riachos transbordaram. Eu ficava no estábulo, encostado na minha mãe, olhando para seus olhos que eram como estrelas, pensando o que seria de mim quando ela e meu pai partissem. Porque eu sabia que eles iam partir. Só se falava nos escolhidos que iam partir e, pelo que se dizia, era praticamente todo mundo. Cada manhã que o sol aparecia no horizonte poderia ser o dia de ir para a

guerra. Mas nada. Passava mais um dia e nada. Até que um mensageiro finalmente apareceu e disse que os revolucionários estavam esperando numa encruzilhada bem distante dos Campos de Cima da Serra. Numa madrugada fria, todos partiram.

9 Na estância, ficou apenas a Dona, mais uma índia charrua que trabalhava na casa, dois peões bem velhinhos e, no curral, outrora dinâmico e cheio de vida, meia dúzia de cavalos também velhos. E fiquei eu, por causa da minha perna estragada pelos dentes do leão baio. A estância, que era um lugar alegre, afundou na tristeza. A Dona era viúva, seu marido tinha ido para uma guerra na fronteira anos atrás e não tinha voltado. Na estância, a palavra fronteira também dava medo. A fronteira engolia as pessoas. Do outro lado da fronteira, viviam castelhanos, que eram bichos que eu nunca vi, mas de quem diziam coisas terríveis.

10 Os quatro filhos da Dona foram para a guerra, que ia ser lá para as bandas da fronteira e só por isso já dava um arrepio na espinha. O mais velho montava Altivo e o menor, que só tinha 14 anos, montava meu pai. O menor dos filhos da Dona era o jóquei que pilotava meu pai nas carreiras de cancha reta dos domingos. Os dois tinham prestígio de autoridade e por onde passavam eram saudados pelas pessoas que tiravam o chapéu para eles, até as pessoas mais velhas. Diziam que eles eram como um centauro. Ouvi dizer que um centauro é uma espécie de monstro, um bicho inventado. Mas outros, muitos outros, me dizem que não é bicho inventado coisa nenhuma. Que é bicho que existe mesmo.

11 Minha mãe também foi para a guerra. Assim como meus irmãos, que eram grandes e robustos. Agora eu não tinha com quem brincar. Agora não tinha mais carreiras nos domingos, nem festança, nem churrasco. Até a menina Dona Dindinha, a neta da Dona, foi para Porto Alegre com a mãe. A Dona ficava sentada na cadeira de balanço, na varanda, com um livro nas mãos. Olhava durante horas as ondulações dos campos, as araucárias com seus cálices verdes sacudidos pelo vento. Às vezes, ela vinha até o curral, se apoiava na cerca e sussurrava: Minuano, por onde será que eles andam?

12 Na estância, ninguém sabia de nada. Aquela guerra não dava notícias. Lá de vez em quando passava um mascate com sua carroça cheia de bugigangas e acampava atrás do galpão. Ficava durante horas contando causos para a Dona, que não sabia se acreditava em tudo que o

homem dizia. Porque um dia ele disse esta barbaridade: que o general Bento Gonçalves tinha sido preso, levado para a Bahia, no porão de um navio, acorrentado. Uma coisa dessas era difícil de acreditar. Todos sabiam que o general Bento Gonçalves era o melhor cavaleiro do Rio Grande, o mais hábil, o mais sábio, o mais forte. Como, então, pode cair prisioneiro? Bento Gonçalves foi cercado numa ilha quando queria cruzar um rio, disse o mascate. Teve que se render para que não matassem todos os seus homens.

13 Agora, acreditassem ou não, o general Bento Gonçalves estava numa prisão no mar da Bahia, acorrentado no fundo de um calabouço, lugar abafado, úmido, opressivo e escuro, no outro lado do mundo. O general ficava o dia todo sem camisa, calçando tamancos, com água até os tornozelos. Não falava com ninguém, não podia escrever cartas. A visita do mascate aconteceu no fim do outono, quando a estância parecia sucumbir

à própria tristeza. Do fundo dos cânions que cercavam a casa da estância, subiam nuvens escuras. Gralhas voavam sobre o curral e depois rumavam para o bosque de araucárias. Havia um tapete macio de folhas amarelas no chão ao redor da casa. O outono terminou com um vento áspero, gritando um som de cortar as orelhas, e todo mundo estremecia, de frio e desesperança.

14

Na primeira manhã de inverno caiu uma neve fraquinha, que não levantou a alegria de ninguém, ao contrário dos outros anos que, quando nevava, todos faziam festa. No meio da manhã, os quero-queros se agitaram e começaram a piar enlouquecidos. Quero-quero é bicho sentinela, ele anuncia perigo, ele sente a ameaça no fundo das penas, na ponta do esporão que tem na asa. A cachorrada que dormia no galpão saiu para espiar e começou a latir. Na sua sala quentinha, a Dona parou o tricô que fazia para o filho mais velho e olhou pela janela embaçada. Os cavalos veteranos, no curral, se paralisaram de expectativa. Na crista da coxilha toda branca apareceu um homem a cavalo. Logo em seguida, apareceu outro. E depois outro. Eram vários, estavam armados e vinham sem pressa. Meu coração bateu mais forte. Eu adivinhei. Eram os imperiais.

15

Foram chegando, quietos e calados. A Dona foi para a varanda e ficou em pé, olhando firme para eles. No alto do cavalo malhado o Chefe tirou o chapéu e todos os outros também tiraram. Bons dias, minha senhora, disse o Chefe. E disse que estavam em missão a mando do Imperador para requisitar bens e mantimentos para o esforço dessa guerra maldita que os rebeldes farroupilhas tinham inventado. Ele dizia essas palavras bem escolhidas porque sabia que a Dona era partidária dos rebeldes farroupilhas e que todos os seus filhos também eram rebeldes farroupilhas e tinham partido para a guerra, mas ele dizia isso como se não soubesse de nada, com picardia, para ferir a Dona sem faltar com o respeito. A Dona manteve uma dignidade serena que sempre me comovia, pois ela era baixinha e parecia muito frágil. Ela disse que não tinha mantimentos, não tinha munição e não tinha cavalos. Que fossem procurar noutro lugar. O Chefe sorriu e mordeu o bigode preto. Estamos em uma guerra que o seu partido inventou, minha senhora, e se não quiser nos dar por bem, vai nos dar por mal, ele disse, e fez um gesto para os homens nos cavalos. Eles se dispersaram num galope cheio de gritos, sacudindo os rebenques, entraram no galpão e no estábulo, dois entraram na casa e saíram de lá arrastando a índia charrua pelos cabelos. No curral, houve um arrepio de horror. As galinhas dispararam cacarejando pelo pátio e a cachorrada sumiu atrás do galpão. Isso é uma indignidade, disse a Dona, quando o general Bento Gonçalves souber, os senhores vão pagar bem caro. O Chefe deu uma gargalhada: o general chefe do seu partido está preso na Bahia e não pode fazer nada, minha senhora, nem agora, nem nunca. Ele está acorrentado no fundo dum calabouço, numa fortaleza de pedra no meio do mar, de onde ninguém escapa e ele vai morrer lá, sozinho, de fome e de doença. Queimem tudo!

16 Em poucos momentos, várias tochas estavam acesas nas mãos dos homens e eles as jogaram contra a casa, quebrando os vidros das janelas. Um deles entrou na sala e encostou uma tocha sobre o sofá e as poltronas da Dona. As chamas cresceram como seres famintos. As chamas se espalharam pelo assoalho e subiram pelas paredes, devoraram as cortinas e um mundo de fumaça escura tomou conta do interior da casa. A Dona se afastou da varanda em passos curtinhos, ereta e digna, procurando não tropeçar. O calor do incêndio chegou ao curral como um bafo do inferno. Entramos em pânico, houve correria, alguns arrebentaram a cerca e saíram em disparada. Os imperiais foram atrás e capturaram dois pangarés bem velhos. O Chefe se aproximou deles, montado no seu cavalo malhado, e os encarou com desprezo: São muito velhos, mas tragam assim mesmo. Olhou para mim, seu olho experiente me examinou de alto a baixo. O desprezo cresceu no olho dele. Esse aí é manco duma perna, não serve para nada. Vamos embora! E partiram a galope, dando gritos. Subiram a coxilha, pararam lá no alto para olhar, ouvimos suas risadas, e depois desceram pelo lado de onde chegaram, desaparecendo de nossos olhos. Os dois peões e a índia charrua encheram baldes com água do poço e jogavam contra o fogo, mas era inútil. A Dona ficou olhando tudo sem se mover, sem derramar uma lágrima, sem rezar nem pedir nada. A casa se transformou numa enorme fogueira. Quando a noite caiu, ela brilhava no escuro, como uma brasa gigante. Exalava um cheiro triste. Sobre nós, o céu parecia maior, parecia que tinha mais estrelas, e parecia que nunca mais provaríamos o gosto bom da alegria.

17

A reconstrução foi lenta e custou trabalho duro. Nunca trabalhei tanto como naquele inverno. Colocaram uma cesta nas minhas costas e eu passava o dia todo carregando coisas. Quando a cesta não estava cheia, eu puxava toras que os dois peões cortavam no bosque de araucárias. No começo eu ficava muito cansado e todo o meu corpo doía. À noite, nem pensava mais nos meus pais e irmãos, porque dormia profundamente, mal escurecia. Mas o corpo foi se acostumando com o trabalho duro, minhas pernas foram ficando mais fortes. A cada dia aumentavam o peso que eu carregava. A casa da Dona, pouco a pouco, foi tomando forma. Todo mundo ajudava. Eu já dormia melhor, quase não sentia dores. As noites se tornaram bem-vindas, porque era quando eu sentia meu corpo relaxando e se tornando cada vez mais forte. Era quando pensava na minha família, em como era bom estarmos juntos, era quando me reconhecia e me acalmava. Até que o leão baio começou a rondar o curral. Passei a dormir no estábulo, porque era fechado. Uma noite de vento, ouvi que ele arranhava a porta, depois as janelas. Ouvi sua respiração, o som rouco que fazia com a garganta. Pensei nas unhas duras cravadas na madeira, rasgando a madeira. A guaipecada latia sem parar. Eu me encolhia de pavor, completamente sozinho dentro do estábulo, olhando as listras prateadas de luar que entravam pelas frestas e se estendiam pelo chão, pelos fardos de feno, pelas minhas costas arrepiadas.

18 Então, uma manhã bem cedo, eu aspirei um perfume de seiva, floral, que a brisa trazia do bosque de araucárias, e percebi que o canto dos galos tinha uma entonação de sinfonia e foi aí que eu soube que era a Primavera entrando outra vez no mundo. Eu sempre quis saber de onde vem a Primavera e porque ela fica tanto tempo escondida. Mesmo dentro do estábulo, eu sabia que era Primavera e saí um pouco mais feliz, um pouco mais leve, cheio de vontade de saltar e fazer coisas bobas, que é mais ou menos como a Primavera deixa a gente, foi quando vi o homem surgir na crista da coxilha e parar um pouco para contemplar a casa. Estava a pé e parecia cansado, pois começou

a se mover bem devagar, caminhando na direção da casa. Um homem a pé nestas vastidões é uma coisa muito rara. Ele foi chegando devagarinho. Não se assustou com a cachorrada que latia, esperou que eles se acalmassem e deu a mão para eles lamberem. A Dona já estava na varanda, e um pouco atrás dela a índia charrua. Os dois peões velhos espiaram do galpão e eu fiquei farejando tudo, um pouco aflito, porque um homem a pé nestas vastidões é uma coisa muito rara.

19 Ele se aproximou da varanda e tirou o chapéu numa rápida vênia. Bom dia, minha senhora. A Dona respondeu bom dia. O homem acomodou o chapéu na cabeça, sou um viajante que perdeu sua montaria por mordida de cascavel. A Dona respondeu, sinto muito. Gostaria de lhe pedir, se não for muito incômodo, que me deixasse descansar um par de horas. O senhor fique à vontade, vou providenciar mantimentos e água.

Muito obrigado, minha senhora, mas do que preciso mesmo é de um cavalo e posso pagar muito bem por um. Não tenho cavalos, meu senhor. Estou vendo um cavalinho bem bonito no curral, minha senhora, e posso pagar muito bem, faça o preço. Aquele cavalo não tem preço, meu senhor, é o único que restou na fazenda. Com o dinheiro que eu lhe pagar a senhora pode comprar dois ou três de algum vizinho. Meus vizinhos também não têm cavalos, senhor, a guerra levou todos. Ficou um silêncio entre os dois que foi se espalhando por toda a estância. O homem trocou o apoio das pernas, fez um leve aceno com a cabeça. Eu lhe entendo, minha senhora, é uma pena, estou com pressa, tenho uma missão urgente, mas acho que posso caminhar um pouco mais. O senhor me desculpe por não poder lhe ajudar, mas esse cavalinho é o último que tenho, e eu fiz uma promessa pra mim mesma: só dou esse cavalo para uma única pessoa neste mundão de Deus. O homem concordou com um sorriso triste, muito bem, minha senhora, se a senhora fez uma promessa não posso insistir, mas minha curiosidade foi atiçada, posso saber quem é essa pessoa tão especial, inda que mal pergunte. A Dona se tornou um pouco mais altiva: essa pessoa é o general farroupilha Bento Gonçalves da Silva. O sorriso do homem foi desaparecendo do rosto. Era um rosto muito queimado de sol, mas deu pra ver que ele ficou pálido. Tirou o chapéu lentamente.

20 Permita me apresentar, minha senhora, disse o homem numa voz em que havia uma emoção sufocada, foi o Destino ou foi Deus que me trouxe até aqui, porque eu sou o general farroupilha Bento Gonçalves da Silva. Fugi do Forte do Mar na Bahia e estou de volta aos pagos para encontrar meus camaradas e assumir o comando do meu exército e da nossa república. Os dois, o homem de rosto muito queimado de sol e a Dona, ficaram se olhando bem no fundo dos olhos durante um tempão que parecia que o mundo tinha parado de rodar no universo. O perfume da Primavera ficou maior, as folhas das árvores se roçaram, houve estalidos no bosque de araucárias. Eu sei que o senhor é o general.

21

O general me examinou demoradamente, apoiado na cerca do curral. Como é o nome dele, minha senhora? Minuano. O general aprovou com a cabeça. É um bom nome. E essa ferida na perna? Foi atacado por um leão baio quando era bem pequeno. Será que ele aguenta me carregar por esses peraus? Eu garanto que o Minuano vai lhe levar onde o senhor quiser. O general entrou no curral e alisou meu pescoço. Muito prazer, Minuano, meu nome é Bento, sua Dona o emprestou para me ajudar numa empreitada urgente, nós dois vamos fazer uma viagem bem comprida e perigosa.

22

O general passou o resto da manhã tomando mate na varanda com a Dona. Falaram muito e o general contou para ela as peripécias de sua fuga, de como tinha enganado os guardiões pedindo para nadar um pouco no mar e se afastado dando braçadas rápidas na direção de uma canoa de pescadores. Ele disse me levaram para a ilha de Itaparica, onde fiquei escondido dois meses na casa de um oficial revolucionário, e depois me embarcaram num navio mercante até Nossa Senhora do Desterro. O general Netto proclamou a república enquanto o senhor estava preso, general, disse a Dona. Eu sei, disse o general, e ficou calado. Calado e pensativo.

23

Na hora de partir, o general veio pessoalmente colocar os arreios em mim. Eu faço questão, meu senhor, disse ao peão que se preparava para me colocar as encilhas. Realizou a tarefa com conhecimento de campeiro, aliando precisão e técnica onde não faltava delicadeza e respeito, enquanto falava com voz mansa, sussurrada, bem devagarinho, olhando dentro dos meus olhos. Vai ser uma viagem comprida, Minuano, e se eu antes disse também que vai ser perigosa não foi pra gente ficar preocupado sem motivo, mas porque será importante ficarmos alerta durante todo o trajeto. Sou um homem perseguido, Minuano, os imperiais sabem que eu escapei do Forte do Mar e andam me procurando por tudo quanto é lugar. Temos que desconfiar até das pedras, se quisermos terminar esta empreitada juntos e com o pelego inteiro. Afagou o meu pescoço, mas vai tudo dar certo, meu amigo, não vamos nos assustar antes do tempo. Montou, passou na frente da casa e fez uma continência para a Dona. Eu dei um relincho orgulhoso e começamos a subir a coxilha. Quando chegamos lá na crista dela, senti a brisa no focinho e nas crinas e lembrei como gostava de ficar na beira dos cânions, recebendo o vento frio. Olhei para baixo e vi a casa e o galpão e as cercas bem pequeninas e a Dona na varanda e pensei adeus, estábulo quentinho e adeus, vento dos cânions e adeus, araucárias e pinhais e pensei até, vejam só o que foi que pensei, adeus, leão baio, e nem comecei a ficar triste de verdade com as despedidas porque sabia que minha família não estava mais lá e porque também, antes que a tristeza chegasse, o general disse, agora numa voz de comando, enérgica, s'imbora, Minuano, começou a jornada.

PARTE 2

1

Não sabia que o mundo era tão grande. Não poderia mesmo saber, eu nunca saí da estância da Dona. Nem no bosque de araucárias eu entrei, e olha que eu morria de ganas de entrar lá e conhecer aquele lugar que me parecia misterioso, tocar naquelas árvores que passavam o dia todo sussurrando segredos. Mas perdi essa parte da minha vida. Não fiquei grande o suficiente para a coragem crescer a ponto de me levar até lá dentro do bosque. A coragem cresce devagarinho dentro da gente. Agora estávamos descendo a lomba da coxilha e eu sabia que nunca mais ia voltar para esta querência. Acho que o general percebeu minha melancolia, porque começou a cantarolar. Ânimo, Minuano, ele disse, é Primavera, e não existe nada melhor do que uma viagem na Primavera. O general gostava de falar comigo, ele sabia que eu entendia. Se eu pudesse responder, ia dizer me desculpe, general, o tempo na Primavera é muito bonito, mas é muito traiçoeiro. Tá vendo aquelas nuvens lá para os lados do cânion? Pois é, vai vir água e não vai ser pouca. Choveu sem parar desde que anoiteceu e ficamos abrigados embaixo de uma figueira copada, que nos ajudou muito. Choveu a noite toda, não deu nem para acender um foguinho. O general disse enquanto estivermos aqui, nos Campos de Cima, vamos viajar de dia, porque estes abismos são um perigo, precisamos enxergar bem o caminho. Lá embaixo a gente faz o contrário, vamos dormir de dia e viajar de noite para poupar um encontro desagradável.

2 De manhã cedo, antes de clarear, retomamos a viagem. O general não tomou café nem chimarrão, só um gole do cantil de aguardente que ganhou da Dona para aquecer o corpo. A chuva não dava trégua, escorria pelas paredes do cânion e ia engrossando a nossos pés, formando riachos que disparavam encosta abaixo. Seguimos viagem mesmo assim, com a chuva batendo firme nas nossas costas, descendo pela trilha estreita, que circundava o gigantesco cânion. Era uma trilha traiçoeira, escorregadia, e eu tinha que firmar bem o pé. Cada passo precisava ser calculado. Não podia me dar ao luxo de dar uma escorregadinha, por menor que fosse. Do nosso lado, a menos de um metro, estava o abismo. E era um abismo que descia mais de mil metros, e de onde despencavam cachoeiras brancas e frias. Começou a subir lá do fundo do abismo uma pontinha de frio que foi se transformando num fiapo de medo, um medo do que me esperava, das coisas sem nome e sem forma que me esperavam no caminho. Uma águia arremeteu, num voo rasante, sobre minha cabeça e fui sacudido por uma vertigem de pavor e decidi que era muito fraco, que o general era pesado e enorme, que a trilha não tinha fim. Lutei

contra esse desânimo, pensando que devia ter um mínimo de orgulho, afinal, o general desafiara um Império, fugira duma fortaleza, atravessara o Brasil inteiro, não podia fazer papel feio diante dele. Até que numa curva do caminho a trilha ficou mais larga e a descida foi pouco a pouco terminando. Quando chegamos lá embaixo, já era outra vez quase noite e a chuva tinha parado.

3 O general fez um foguinho, a muito custo, com galhos secos que conseguiu numa furna. Esquentou o charque que ganhou da Dona, bebericou do cantil com aguardente, e de repente disse, como se fosse uma queixa, que baita confusão meu amigo Netto foi fazer fundando essa república. Eu pensei cá comigo que talvez desse para desfazer essa república, já que o general não estava satisfeito, mas não tinha como dizer isso para o general. A verdade é que ele gostava de falar e de me contar coisas que muito me divertiam, mas às vezes entrava em uns

silêncios compridos. Nessa noite toda, até a hora de dormir, ele só disse uma frase: os amigos às vezes fazem coisas que a gente não espera. Apagou o fogo e se espichou embaixo do pala. O vento empurrou as nuvens e as estrelas voltaram a aparecer. Fechei meus olhos. Se eu olho as estrelas à noite, me lembro de minha mãe. É por isso que eu parei de olhar as estrelas.

4 Todas as manhãs, a primeira coisa que o general fazia era consultar a bússola. A bússola parecia um relógio, desses de algibeira, que ele tirava do bolso, abria a tampa e consultava durante alguns momentos. Parecia que ele discutia com a bússola. Nessa manhã o sol voltou e a natureza se transformou em um deslumbramento que nos arrebatou. Era passarinho, era folha, era pólen, era perfume. Plenos de vigor e de entusiasmo, retomamos a jornada, até chegarmos às margens de um rio. Antes, era apenas um riachinho cheio de pedras, mas as chuvas o fizeram crescer e agora era um rio transbordante,

de correnteza forte e que rugia com assustadora ferocidade. Não gostei nada. Andamos ao longo da margem para buscar um passo seguro, o general media, avaliava, mas sempre seguia em frente, até que pareceu se cansar de procurar. Cautela demais nem sempre é prova de bom senso, não é mesmo, Minuano? E dito isso, num impulso conjunto, entramos no rio que nos abraçou com toda a sua força e começou a nos arrastar. Eu forcejava contra a corrente, medi a força dela, vi que não tinha chance nenhuma e olhei com pavor para a outra margem que estava muito longe, muito mais longe do que parecia antes de entrar no rio. Meu impulso foi bater as pernas procurando diminuir a distância e cortar caminho e evitar a sensação de afogamento e o general dizia sem parar calma, Minuano, calma, sem fazer força, vamos indo, vamos indo sem fazer força, a gente chega lá se deixando levar e a voz dele me acalmou aos poucos e fui me deixando levar pela correnteza, guinando na direção da margem, e fomos chegando, chegando, e de repente deu pé e me firmei e dei um solavanco e escorreguei numa pedra arredondada, afundei, bebi água, comecei a me afogar e logo recuperei o pé e num salto estava na margem, tossindo, tossindo, pisando a areia grossa e firme, que alívio. O general disse muito bem, Minuano, cavalinho valente.

5 O general me mostrou uma pedra e disse que se chamava ametista, que não valia muito. Segundo ele, era pedra semipreciosa, mas que ele gostava muito da cor dela e que fora um mimo de Dona Caetana, sua esposa. As pessoas antigas acreditam que esta pedra acalma o espírito, disse o general, mas Caetana me deu porque dizem que também controla as bebedeiras. E deu uma risada feliz. Fiquei fascinado com a cor da ametista, aninhada na palma da mão do general, soltando pequenos brilhos silenciosos, acalmando nosso espírito e refreando os impulsos do general em levar à boca o cantil de couro que a Dona encheu de aguardente fabricado pelos índios guaranis. Num fim de tarde, nos aproximamos de um bolicho numa curva de estrada, onde vários pés de pitangueira davam sombra. Eu fiquei

ali, nas graças da sombra, pisando as pitangas vermelhas caídas no chão. O general entrou para pedir informações e também uma linguiça frita com café. Lá dentro, tinha dois homens jogando cartas. Enquanto esperava, o general providenciou para que eu bebesse um balde com água fresquinha. Chegou à cavalo um homem bem grande e barbudo, que desmontou e ficou me examinando. Deu uma risadinha sarcástica, entrou no bolicho e se apoiou no balcão. Pediu um trago de canha e depois olhou com ar de deboche para o general. Falou alto, mas não se dirigindo a ninguém, de quem é aquela assombração lá fora? Os dois que jogavam cartas deram risadas sem graça. Acho que posso responder essa pergunta, meu senhor, disse o general, mas, antes, devo esclarecer de que não sou homem de dar lição para ninguém, sabemos todos que quem ri do cavalo, ri do dono. E daí? Inquiriu, em tom de deboche ainda maior, o homem barbudo. Daí que é de bom tom respeitar as pessoas e os animais, meu senhor, julgar os outros por seus aparentes defeitos é coisa de pessoa ignorante. Ficou tanto silêncio que dava para ouvir lá no fundo a linguiça chiando na frigideira. O homem barbudo percebeu que os dois jogadores olhavam para ele, fez cara de mau e então se desencostou do balcão. Não gostei do que o senhor disse, e puxou a faca com um gesto pomposo.

6 A faca do general chiou um relâmpago no lusco fusco do bolicho. Esse cavalinho, senhores, é dos mais valentes e nobres que eu já conheci e não é porque tem um pequeno problema na perna que pode ser desfeiteado impunemente. No meio do susto de que eu estava tomado, minha alma ficou leve. O bolicheiro se dirigiu, aflito, ao barbudo: seu Antunes, por favor, reconsidere a situação, esse senhor não fez nada demais, só se defendeu da desfeita. O barbudo olhou para a faca cintilando na mão do general, avaliou a firmeza de tarumã da mão morena. Parece que houve por bem reconsiderar, pois gaguejou um pouco: não quis fazer desfeita a ninguém, só fiz uma brincadeira, eu é que fui ofendido, chamado de ignorante. O general pensou um pouco e disse se o senhor afirma que foi uma brincadeira, eu

aceito. Prontamente, o bolicheiro colocou a garrafa de canha no balcão e disse muito bem, senhores, assim falam homens inteligentes, este trago agora é por conta da casa. O clima relaxou, o silêncio foi embora, o general comeu sua linguiça pausadamente, saboreando cada mordida. Eu sentia por dentro uma alegria cor da ametista que o general levava no bolsinho do colete, saí dali com o peito estufado, num trote de milonga bem pontuada. Confesso que hoje me envergonho um pouco dessas soberbas da juventude, mas a verdade é que, quando fomos embora, atravessei o pátio do bolicho em um trote milongueiro, como se fosse um andaluz de narinas infladas, a cola dando laçaços. E trocando as orelhas.

7 Soube depois que foi no dia 3 de novembro de 1838 que avistamos os morros da Guarita da praia de Torres. Acampamos à sombra deles e passamos uma tarde inteira olhando o mar. Eu não me cansei de olhar o mar, poderia ficar mais um dia inteiro ali, mordiscando a grama, observando as gaivotas. Galopamos na beira da praia, as ondas vinham e se enroscavam nas minhas patas que ficavam brilhando com a espuma que ficava grudada nelas, e levantávamos bandos de pássaros do mar, gaivotas, colhereiros, albatrozes, que voavam dando voltas em cima da gente. Um sol enorme e redondo foi descendo, bem devagarinho, lá no fim do mar, todo vermelho.

8 Uma semana depois, nos aproximamos de Viamão. O dia estava amanhecendo. Atravessamos um riacho com leito escorregadio, quando ouvimos vozes. Procuramos nos esconder no capão de mato. As vozes vinham de um acampamento. Poderiam ser os imperiais ou os farrapos.

Logo vimos a bandeira da República Rio-grandense. Parece que enfim chegamos, Minuano. O general apontou para a bandeira que tremulava e ficou um tempão apontando para ela. Saímos da proteção do mato e avançamos até o início do acampamento. Ouvi relinchos vindos do potreiro. A sentinela apareceu de repente e deu voz de alto. Quem vem lá? É Bento Gonçalves, companheiro, disse o general. O soldado estacou. Era índio melenudo, veterano. Recuou dois passos como para olhar melhor. Parecia não acreditar. É o próprio general Bento Gonçalves da Silva, em pessoa? Sim, senhor, meu amigo, neste acampamento tem um amargo pra um homem com sede? A sentinela se engasgou, como se estivesse diante da mula sem cabeça ou de uma assombração se levantando do cemitério. General! Correu em direção a Bento Gonçalves, fez continência, depois agarrou suas mãos e as beijou. Vou avisar a todos! E saiu numa disparada para dentro do acampamento. Deu dois tiros para o ar. O general voltou! O general Bento Gonçalves está aqui! O general voltou! Bento Gonçalves e eu fomos entrando no acampamento, a trote, sorridentes. Começaram a acorrer de todas as direções soldados, oficiais, mulheres que acompanhavam a tropa. Bento Gonçalves erguia o chapéu e acenava. Começaram a disparar mais tiros para o ar, todos estendiam os braços, todos queriam tocar no general que regressara. Trouxeram um cavalo para ele, um cavalo só músculos, alto e poderoso, todo em arreios de prata, e o general subiu nele e ficou lá em cima, inatingível. Naquele momento, senti uma vertigem e acho que tive uma visão da morte, porque o veneno do ciúme se cravou na minha alma frágil. Mal ouvi a voz do general dizer cuidem bem do cavalinho, o nome dele é Minuano.

9 Na manhã seguinte, o batalhão acampado formou uma escolta de honra para o general, que marchou à frente da tropa, cercado de estandartes e bandeiras que estalavam no ar, em direção à cidade de Piratini. Chegavam carretas cheias de gente, veio um destacamento da Brigada dos Lanceiros Negros que fez uma saudação ruidosa, erguendo as lanças e batendo com elas no peito. Chegaram índios

vagos solitários, soturnos e morenos. Eu marchava atrás do general, olhando tudo meio assustado. Nunca tinha visto tanta gente na minha vida. E quando chegamos a Piratini me assustei ainda mais com o tamanho das casas, com a quantidade das casas, com a quantidade de gente dando hurras de viva o general. Nunca tinha visto uma cidade. As sacadas mostravam tapeçarias coloridas e bandeiras de seda, foguetes espocavam, piquetes a cavalo passavam a galope. Os sinos da igreja matriz badalavam sem parar. Em frente ao Palácio, Dona Caetana e os filhos esperavam. Dona Caetana enxugou uma lágrima e conteve-se. A família se abraçou demoradamente. Depois, todos se dirigiram para o prédio da Câmara de Vereadores. Perante a assembleia reunida em sessão especial, Bento Gonçalves jurou solenemente a Constituição e tomou posse do cargo de presidente da República Rio-grandense. Na igreja matriz, assistiram a solene Te Deum, mandado rezar pela Câmara, em ação de graças pelo regresso do primeiro magistrado. A partir do meio-dia, um churrasco empolgou a capital, e houve recitas, trovas, desafios e danças. Um soldado raso, de alcunha Beiçudo, tocava sem parar uma guitarra acompanhado da rabeca de um paisano e os dois não deixavam ninguém ficar parado. À tarde, foram permitidas corridas de cancha reta. Assisti às corridas com o coração batendo de ansiedade. Eu tinha uma vontade desesperada de encontrar de repente meu pai numa carreira, chegar bem de mansinho por trás dele e dizer oi, meu pai, sou eu, o Minuano, eu trouxe o general desde lá da fazenda até aqui, mas não gostava de ficar pensando muito nessa possibilidade de encontrar meu pai de repente porque sabia que era uma bobagem e que eu apenas ia ficar cada vez mais triste só de bobo que eu era.

10 Na manhã depois das festas, bem cedo, começaram a apartar os cavalos recém-chegados e a dar função para cada um. O sargento mal me olhou e já foi dizendo, esse crioulo rengo vai carregar água para os soldados, e assim me botaram nas costas duas cestas trançadas de cordas e, dentro delas, barricas com água. Eu não sabia que era crioulo, me chamar disso foi uma surpresa e eu fui sabendo depois, pouco a pouco, o que era ser crioulo.

O trabalho que me deram era pesado, mas nada com que eu já não estivesse acostumado. Não pensem que isso de carregar água me incomodou, porque logo me tornei popular, por onde eu passava, diziam, eba, lá vem o renguinho da água. Mas, com o tempo, foram sabendo do meu nome. Várias vezes, quando cochilava com o mormaço bárbaro que fazia depois do meio-dia, me despertavam com o grito de Minuaaaano, aqui! E lá ia eu, trotando, levar água para os soldados. Só o sargento nunca me chamou pelo nome, para ele, eu era sempre o crioulo rengo. Uma noite, no curral, escutando longe a guitarra do Beiçudo ponteando uma milonga bem triste, não aguentei e tive a fraqueza de contar para os outros que tinha atravessado metade do Rio Grande levando o general Bento Gonçalves por trilhas secretas e perigosas. Servi de palhaço para eles o resto da semana.

11

Mas uma jovem égua alazã me disse, de olhos baixos, que acreditava na minha história. Estávamos encostados junto da cerca do potreiro, bem pertinho da noite, e eu aproveitava para me coçar, tentando me livrar daquele incômodo que me perseguira o dia inteiro, quando ela disse, de olhos baixos, que acreditava na história de que eu tinha trazido o general Bento Gonçalves por metade do Rio Grande através de trilhas secretas e perigosas. Bateu um desconforto. Uma espécie de pânico. Sabia que ela me observava há algum tempo e, quando eu olhava, ela desviava o olhar. Procurei em mim coragem para falar-lhe, mas a vergonha por causa da minha perna era maior. Ela era perfeita. Era jovem, forte, musculosa, e suas crinas eram de pura seda. Eu, com minha perna ruim, minha crina dura cheia de carrapicho, e essa maldita coceira que sabia que era sarna, não podia falar com ela. Suas curvas eram tão harmoniosas como as das coxilhas desta região, que só agora eu começava a descobrir e que tanto me espantavam. As pernas eram longas e elásticas, e seu focinho era fino e aristocrático. A lua subiu no horizonte e sua luz prateada passeou sobre o pelo vermelho do dorso dela. Eu pensei em ametistas, mas ela disse meu nome é Esmeralda.

12 O nome dela era Esmeralda! Eu repetia pra mim mesmo essa palavra, sem parar. Estou convicto de que nenhum som do universo se compara com as quatro sílabas da palavra Esmeralda. Acho que isso é de uma verdade irrefutável acima de prova científica. Saboreava seu nome como o pasto molhado do orvalho fresco da madrugada. Ficamos amigos porque ela quis, ela me escolheu. Íamos para todo lado juntos e no potreiro não nos desgrudávamos. Até que uma manhã, antes do sol nascer, o vozeirão do sargento anunciou que no dia seguinte íamos marchar para o campo de batalha. Desceu sobre nós um medo imediato e confuso. Ela me perguntou o que era uma batalha, mas eu também não sabia. Só me lembrava de que a Dona tinha pavor do que isso significava. Para mudar de assunto, essa noite, no potreiro, eu disse pra ela que quando

era bem pequeno uma das coisas que eu mais gostava era de ficar olhando as estrelas no céu. As estrelas dos Campos de Cima da Serra são tantas que não dá para acreditar. Eu olhava as estrelas junto com minha mãe, encostado nela, sentindo o cheiro dela e olhando bem demorado para o rosto dela que era elegante e fino e tão bonito, por isso que eu sei que os olhos de minha mãe eram como estrelas. Mas hoje não gosto mais de olhar as estrelas. Esmeralda olhou para mim com uma lágrima nos olhos, aí eu vi que os olhos dela também eram como estrelas.

13 O sargento apontou o dedo grosso na minha direção: agora, crioulo, tu vai servir na Brigada Ligeira de Netto, o famoso Corpo de Lanceiros Negros; lá só tem crioulo igual a ti. Colocaram as barricas com água nas minhas costas, entrei em formação numa coluna de bois que puxavam canhões e começamos a marchar na direção de Rio Pardo. As bandeiras iam à frente, desfraldadas.

Os tamborileiros repicavam seus tambores e os exércitos de infantes e de cavalaria formavam filas extensas, que subiam e desciam as coxilhas. Hoje sei que esse sentimento era uma grande idiotice, mas me senti importante no meio daquela multidão. Nunca tinha visto nada tão grande e tão bonito. Não vi Esmeralda ao longo do percurso, mas não parei de repetir o seu nome. Quando chegamos aos arredores da cidade sitiada, senti o bafo da guerra. O dia estava quente, se espalhava no ar o cheiro de pólvora, e havia alguma coisa que eu não sabia o que era e que começou a me oprimir por inteiro. Vi rolos de uma fumaça perfumada, densa e cinza escura, formando sinistras figuras acima de nós. Tive dificuldade de respirar. Ouvimos de longe o troar dos canhões. Por todo lado, enormes esquadrões de cavalaria e seus relinchos, seu frenesi, canhões sendo empurrados no lodo, acampamentos de barracas enfileiradas subindo e descendo as coxilhas, ordens aos gritos e clarinadas. Mulheres lavando roupa acenavam para nós, mostravam os seios e diziam palavrões entre gargalhadas. Depois ouvimos os gemidos como uma ladainha, e em seguida vimos os feridos, centenas e centenas, e vimos o sangue seco salpicando a grama, o hospital de campanha lotado e o olhar de desespero nos atendentes. Conheci o cheiro de éter e o de iodo e o de ferida gangrenada.

14

Soubemos por um soldado veterano que o cerco já durava duas semanas inutilmente. Logo ouvimos boatos de que se preparava para as próximas horas o assalto final. E foi o que aconteceu. Tudo foi muito rápido, muito intenso, muito além de qualquer atitude que eu pudesse tomar: vi com estes olhos o general Netto, que era o comandante do cerco, no alto de seu cavalo branco, levantar a espada e dar a ordem de atacar. A infantaria avançou em passos ritmados, cadenciado pelos rufar dos tambores contra as trincheiras fortificadas e as fossas que circundavam a cidade. Nas fossas, esperavam estacas afiadas e pontiagudas. O pavor me atingiu, mas fui empurrado para frente por centenas de homens a pé, marchando em rigorosas filas, avançando em direção às bocas dos canhões. Os clarins tocavam, os tambores rufavam sem parar e os gritos de ataque de centenas de vozes ensurdeciam a todos, quando os canhões começaram a atirar.

15

Netto reuniu seu Estado Maior numa barraca no alto da coxilha, de onde se divisava todo o cenário da batalha. Os oficiais tinham o cansaço no olhar e nos ombros. O massacre foi demais, disse um tenente. Olhando de binóculo para o nó da defesa da cidade, Netto disse que só havia uma solução. Todos olharam para ele. Vou mandar um batalhão de cavalaria atropelar pelo centro, se abrirmos uma brecha ali, eles estarão perdidos. Quem é o louco que vai enfrentar os canhões outra vez? Quis saber um major, alarmado. Eu tenho esse louco, disse Netto, chamem o Gavião. Eu tinha ouvido falar no tal Gavião. Foi ele, o Gavião, quem formou e preparou o Corpo de Lanceiros por ordens de Netto. O Gavião chegou. Tinha cara de gavião e tinha porte de gavião. Ouviu as instruções de Netto com a expressão inalterada. Muito bem, general, então, vamos lá. Cautela, coronel, disse Netto, lá é uma zona de morte. O Gavião tinha posto de coronel e o nome dele era Teixeira. Coronel Teixeira Nunes. Era muito magro e muito ereto e muito simples. Saiu dali e montou no seu cavalo.

16

O Gavião postou-se à frente do Corpo de Lanceiros Negros. Batalhão da glória! Exclamou numa voz clara, fomos chamados, o Corpo vai entrar em combate. O lugar do comandante é aqui onde estou. Sendo o ataque em linha, o comandante atacará na linha de frente do primeiro esquadrão. Vosso comandante não se deterá por nada. Vamos atacar com três esquadrões. O estandarte deve seguir o comandante e o Corpo seguir o estandarte. Se o Corpo seguir o estandarte, hoje arde Tróia. Pela república e pela liberdade, em frente, atacar! O Corpo de Lanceiros se precipitou. Nunca pensei que pudesse existir um sentimento igual ao que experimentei no momento da carga. Dando gritos, tomando as clavinas com baionetas caladas dos inimigos, transpondo com montaria e tudo as traves de madeira pontuda, o arame farpado e as estacas de ferro, o Corpo de Lanceiros Negros rompeu a linha de defesa imperial, transpôs os muros e começou a combater dentro da defesa do Império. Aterrados em suas trincheiras, os defensores da artilharia começaram a debandar para tudo que era lado.

17 O sol formou uma bola incandescente no horizonte. Havia um vermelho se espalhando pelo campo, se agarrando nas árvores, se impregnando nas pedras. Uma cruzeira deslizou debaixo de uma pedra – e era enorme. E havia um silêncio ainda mais vermelho porque havia cavalos e homens mortos até o horizonte. Apareceu na coxilha um grupo de homens lentos e pretos que começaram a puxar os mortos para perto uns dos outros. Depois empilharam todos os mortos, uns por

cima dos outros. Formaram um monte de cavalos e homens mortos mais alto do que o palácio do governo de Piratini. Depois botaram fogo. Subiu para o céu vermelho aquela tira de fogo vermelho que parecia dançar. Era um fogo magro que foi engordando com o som de estalos, rugidos, pequenas explosões gasosas que começou a emitir e que me encheu de horror; som de carne e tecido e pele e osso e cabelo queimando e se espalhando no céu, numa nuvem escura, se misturando com os urubus e os caranchos que voavam em círculos e davam guinchos de felicidade. O cheiro da carne queimada daquelas centenas de homens e cavalos mortos ainda me acompanha, ainda surge de repente numa ponta da memória e me faz estremecer. Quando o sol finalmente desceu no horizonte, o corneteiro se colocou em posição de sentido no alto da coxilha, perfil recortado contra o vermelho do céu, e tocou o Silêncio. Desde esse dia, comecei a ter mais medo de homem do que de leão baio.

PARTE 3

1   Servi o resto da guerra no Corpo de Lanceiros Negros. Os negros eram como cavalos. Quando não serviam mais para o trabalho ou para a guerra eram abandonados, descartados ou abatidos. Quando lembro aquele monte de mortos em que botaram fogo, eu penso em Esmeralda. Penso com cautela, penso com amargura, penso com intenso pavor: penso se não seria dela um daqueles corpos ali amontoados. Mas me revolto contra isso. Não posso acreditar, não é justo. Envergonho-me profundamente da mania de cultivar esses pensamentos mórbidos, mas sei que fazem parte do lado fraco da minha natureza. Tenho lutado contra essa fraqueza

todos os dias e, cada vez mais, para meu pobre consolo, venço um pouquinho: só me deixo pensar em Esmeralda quando a memória dela vem acompanhada do aconchego do potreiro, com ruídos pacíficos da noite, cheiros familiares e a luz prateada da lua sobre o dorso dela. Estamos em marcha outra vez. Estamos subindo uma coxilha íngreme no meio da tarde. O sol nos prega no chão. Somos sombras contra o horizonte.

2 Debaixo de um umbu, numa pausa da marcha, conheci Redemoinho, crioulo como eu, com uma estrela branca na testa e crinas bem compridas. Fiquei amigo dele, acho que pelo ar de permanente desamparo no seu jeito de ser. Ele mostrava esse ar porque tinha dois filhos pequenos por quem se preocupava muito e sua companheira era uma égua muito, mas muito bonita e sorridente, a Moura, como era chamada. O dono de Redemoinho era um jovem negro que tinha vindo de Angola com

oito anos, e lembrava muito bem de como era sua vida lá na província de Cabinda. O nome dele era Fatumbi e portava divisas de cabo na blusa vermelha do Corpo. Ele gostava de falar com cavalos durante as marchas, como o general Bento Gonçalves. Contava em voz alta, com entusiasmo, histórias da sua região na África, arrepiantes contos sobre caçadas de leões, armadilhas para capturar rinocerontes e majestosas marchas das manadas de elefantes, portentos que nós caladamente colocávamos em dúvida. Mas eu gostava mesmo quando ele falava dos seus deuses, os orixás. O favorito e o mais invocado pelo jovem era Ogum, valente guerreiro, o homem louco dos músculos de aço, Ogum, que tendo água em casa, lava-se com sangue.

3 Fatumbi tinha uma imponente namorada chamada Djinga, que se dizia rainha. Eles estavam sempre brigando. Nas brigas, ela afirmava que era legítima descendente da rainha Djinga, do reino de Ifé, senhora do renomado palácio das Cem Colunas de Marfim e, como tal, merecia respeito de rainha e que ele, Fatumbi, não passava de um camponês pé rapado que tudo o que tinha na vida eram essas ridículas divisas de cabo de um exército em farrapos, como eles mesmos se chamavam sem a menor noção. Fatumbi respondia que o reino dela estava longe, do outro lado do mar, e destruído para sempre e que agora ela era escrava fugitiva e que, gostasse ou não, dependia dessa guerra que estavam lutando para saber o destino dela e ela retrucava com a voz subitamente dura que não era escrava. Nunca tinha sido escrava. Tinha sido escravizada à força, isso sim, e depois de muita luta, mas nunca aceitou a condição de escrava como esse camponês conformista e mal cheiroso que ele era. Ela fazia todos os dias oferendas para Iansã, poderosa orixá dos ventos e das tempestades, que tinha sido mulher de Ogum e o tinha abandonado por Oxóssi. Iansã era livre e orgulhosa. Redemoinho me contava que o mais maluco de tudo

é que eles se gostavam de verdade, essa palavra amor, sabe? Pois é, com minha Moura nunca discuto, porque é ela quem manda mesmo e caía na gargalhada.

4

A gargalhada de Redemoinho era parecida com uma avalanche. Uma avalanche boa, dessas que não oferece perigo, dessas muitas que eu vi na região dos Campos de Cima da Serra, quando havia deslizamento de terra perau a baixo e se ouvia o estrondo a léguas e léguas de distância. Eu gostava de estar junto de Redemoinho. Com a Moura e os dois potrinhos, eles começaram a ser uma espécie de família para mim. A vida de Redemoinho consistia em se preocupar dia e noite com a família e com os perigos ameaçadores da guerra. Aquela era uma guerra muito estranha. Tentávamos entender o que acontecia, e de suas conversas com Fatumbi, deu para entender alguma coisa. Dizem que essa guerra foi por causa do imposto sobre o charque. Não acredito numa coisa tão ridícula. Escutei muitos discursos falando em república e abolição, a maioria pura lorota, mas nunca ouvi nenhum político de cartola e colarinho alto ou um desses oficiais cheios de medalhas encherem o peito e conclamar os soldados a morrer lutando contra o imposto sobre o charque. Precisa ser muito idiota para ir morrer por uma coisa dessas. Não existe heroísmo nenhum na guerra, só dor e desespero. Encontrei muitos pobres soldados carregados de medalhas com fitinhas coloridas e os ouvidos entupidos de discursos empolados, mas faltando um pedaço da perna ou um olho, ou sem os dois braços e a maioria deles com a alma cheia de enormes buracos escuros. A guerra, e peço licença para dizer isso bem claro, a guerra é uma boa bosta. Só idiotas vão para a guerra.

5 Djinga não tinha cavalo. Mulher no Corpo de Lanceiros não tinha cavalo. Mulher, nos exércitos daqueles tempos, só servia para fazer comida, lavar roupa e ajudar a montar e desmontar o acampamento. Mas a imponente Djinga impunha

sua autoridade. Era a única que conseguia um cavalo para se deslocar nas marchas, se bem que o sargento chegasse e a obrigasse a desmontar. Cavalo é pra homem, desmonta daí, ele rugia e tomava o cavalo de Djinga. Isso aconteceu muitas vezes, tanto que ele começou a achar graça com a insistência de Djinga. Ela era uma garota muito magra, só nervos e músculos, mais alta que qualquer homem e com um rosto redondo, de menina travessa, que escondia a dureza que subitamente assomava aos olhos, quando era contrariada. Estranheza também causavam as marcas em sua testa, marcas tribais feitas com objeto de ponta, com algum significado ignoto para todos os que a conheciam e talvez também para ela. Um dia, o sargento disse, Djinga, fica com esse aí pra ti, o manquinho, tu e ele vão ajudar a distribuir água para os soldados. Djinga me olhou com raiva.

6 Mas já que tinha recebido um cavalo, mesmo que ele fosse manco, Djinga poderia se afastar do acampamento sem ser acusada de roubo. Se fosse acusada de roubar um cavalo, seria fuzilada na hora. E Djinga tinha motivos para se afastar do acampamento, para bem longe do acampamento. Precisava dar uma cuidadosa campereada nos arredores e achar certa estância de um certo marquês. Ela fez isso durante dias, ao cair da tarde, e só voltava noite alta, sem nunca explicar nada a ninguém. Djinga era cheia de planos e de segredos. O principal dos planos era voltar a ser rainha. Eu achava isso bárbaro. Aquela garota de olhar petulante, naquele mundo de homens embrutecidos pela guerra e pelas circunstâncias mais extravagantes (comparando com a lembrança da paz da estância onde nasci), olhava os homens de frente, olho no olho, e falava de igual para igual. A mim, me tratava com rispidez que eu ignorava com dignidade. Mas o seu segredo era o que me perturbava. Quando lavava os uniformes dos soldados à beira de rios ou de sangas, ela confabulava com quatro amigas, mais ou menos da idade dela, todas entre quinze e dezoito anos, belas, fortes, femininas, cheias de miçangas e pinturas e outras graças e falavam horas sem fim (como as mulheres gostam) e também discutiam, e muito, e com ênfase, e muitos gestos, mas quando Djinga apertava a voz e os olhos brilhavam, as quatro se entreolhavam, sacudiam as cabeças com certo desgosto, aparentemente se conformavam e acabavam acatando sua opinião. Os planos de Djinga, revelados aos poucos para as amigas e que eu escutava enquanto lavavam roupa, eram simples e eram apenas dois. Djinga tinha um irmão cativo nessa estância do tal marquês. Primeiro, ela queria resgatá-lo. Depois, trataria de ser rainha.

7 Eles mataram minha mãe na estância do tal marquês, contou Djinga para as quatro amigas de olhos arregalados. Com cem chicotadas. Quem mandou chicotear minha mãe foi a marquesa. O tal marquês dormia com minha mãe porque era uma mulher bonita e de verdade. Quando tinha nove anos, eu vi minha mãe ser morta pelo feitor, lentamente, a chicotadas. Mesmo que ela pedisse piedade. Mesmo que o sangue jorrasse das feridas e formasse

uma poça no chão, que os cachorros vinham lamber. A marquesa assistiu a tudo em pé, dentro do galpão, pálida e crispada. Eu saí correndo pela noite afora. Corri sem rumo até a madrugada. Até tudo escurecer, como se eu tivesse caído num poço muito fundo. Um homem velho me encontrou meio morta de fome e sede, num capão às margens de um riacho, um griô de cabelos brancos, e me levou para um quilombo escondido no mato. Ele e a mulher dele me criaram como filha, mas quando, no ano passado, fiz quinze anos, me despedi deles dizendo que tinha um juramento para cumprir e procurei os Lanceiros e me ofereci para lavar roupa e cozinhar. Aprendi a atirar com arma de fogo e lutar com espada, lança e arco e flecha. Agora estou pronta. Vocês estão prontas. O contato está feito. O plano montado. Esta noite é noite de lua minguante, irmãs. Vai estar escuro. Irmãs, vamos lá resgatar meu irmão. Elas se abraçaram e encostaram as cabeças, rezaram e falaram todas juntas, com muita emoção, e ódio, e entusiasmo, tratando de se dar coragem, vamos lá, vamos lá sem medo. Meio sem querer dei um grunhido de aprovação, e no meu jeito de cavalo crioulo disse vamos lá. Djinga me lançou um olhar inquieto.

8 Durante a marcha noturna para a tal estância do marquês, comecei a pensar no meu destino. Talvez Djinga não levasse a cabo a missão que se impôs se não tivesse ganhado um cavalo do sargento, mesmo um cavalo crioulo com as costelas de fora e rengo duma perna como eu. Ou talvez demorasse muito para se decidir pela empreitada. Mas agora estávamos ali, no coração da noite escura, avançando pelas coxilhas, num passo leve, Djinga nas minhas costas, as quatro garotas a pé, em acelerado para me acompanhar. Elas não falavam, controlando a respiração. Estavam bem armadas, com pistolas, lanças e facões e, embora eu sentisse o cheiro do medo e da tensão, elas não davam um pio nem diminuíam a marcha. Paramos no limite de um pequeno bosque de onde podíamos vigiar a casa da estância mergulhada na escuridão. Ouvimos um ruído e se aproximou uma mulher. Uma coruja, numa pitangueira atrás de nós, piou e levantou voo, como pressentindo algo ruim. Tarde demais, minha pequena, tarde demais. A mulher era velha e negra e chorava. Levaram o menino, venderam para outra estância, não sei onde. Ele fez parte de um negócio, uma ponta de gado. Vocês perderam a viagem. Djinga continuou na mesma posição, os olhares se concentraram nela, ela moveu a cabeça lentamente. Eles estão lá? O marquês e a marquesa? É. Estão. E o resto é como tu me disseste? Sim. Três peões mais o feitor no galpão? Sim. Na casa grande só as três mucamas? Sim. E os escravizados? Na senzala. Todos acorrentados? Sim. Muito bem, vamos começar tomando a chave do feitor que matou minha mãe.

9 Ouvi muitíssimas vezes as meninas comentarem o que aconteceu lá dentro, mas não posso afirmar nada porque elas me deixaram esperando no bosque, embaixo dos cinamomos. Lembro-me delas a contar da expressão de susto dos homens barbudos despertando com uma lâmina afiada em seus

pescoços, mas o único que vi mesmo foi suas sombras curvadas se esgueirando por trás do galpão, com as grandes facas nas mãos. Vi as garotas sumirem dentro do galpão, ouvi ruídos estranhos e, depois de um silêncio de gelar o sangue, elas saíram correndo, duas em direção à senzala, com um molho de chaves, e três delas (uma era Djinga, pela imponência) em direção à casa grande. Comecei a me aproximar e vi que forçavam uma janela usando os facões como alavanca, e vi a janela abrir e as três saltaram para dentro da casa e ouvi o estrondo de um tiro que fez estremecer a noite e gritos de susto e depois mais um, dois, três tiros misturados com gritos de desespero ou talvez de misericórdia. Depois vi o fogo. Uma das garotas tinha acendido um lampião e o jogara contra as cortinas. Labaredas cresceram avidamente. Da senzala, chegou um desordenado e ansioso tropel de gente que se postou na frente da casa, uma multidão de homens, mulheres e crianças gritando, dando risadas, saltando e dançando. As chamas subiram pelas paredes com fúria espantosa e atingiram o telhado no momento em que as folhas da porta principal se abriram e duas figuras de camisolas brancas foram jogadas para fora. Caíram de joelhos no assoalho da varanda, com as mãos na cabeça, aterrorizadas, cercadas pela pequena multidão ensandecida, quando Djinga saiu lá de dentro bem como ela era e sempre fora, imponente, dando lentos passos majestosos. Os cativos libertos prorromperam em vivas e novas danças e saudações. O fogo cresceu e se esparramou ainda mais no telhado fazendo um círculo de clarão escarlate, e no centro desse círculo, em pé, na varanda, com as chamas reverberando atrás dela, Djinga ergueu as mãos para o alto, num pedido de silêncio, imediatamente obedecido.

10 Regressamos ao Corpo com vinte escravos libertados. Foi uma comoção, que alarmou e despertou todo mundo antes do sol raiar. Djinga explicou ao Gavião que tinha ido resgatar seu irmão, mas não tivera êxito, então, aproveitara para libertar aqueles seus outros irmãos do cativeiro. O Gavião fez um discurso muito bonito saudando os novos homens livres, mas depois reuniu

seus oficiais para uma reunião. A ação de Djinga significava encrenca da grossa no próprio meio farroupilha. O conceito de propriedade, para muitos farroupilhas revolucionários em posição de liderança, valia mais do que qualquer outra ideia ou conceito, afinal, a propriedade era lei. E eles eram seres políticos, "escravos da lei", como gostavam de dizer nos discursos, e não um bando de anarquistas, como costumavam ser acusados pelos inimigos. O Gavião era dos poucos oficiais que resistia a esses paradoxos e contradições de todo movimento revolucionário. O Gavião via as coisas com clareza e concordou contra o parecer de muitos que havia bons motivos para festejar. Permitiu bebida e música e se dançou e cantou e batucou até o sol aparecer na coxilha. Sua louca, disse Fatumbi, e abraçou Djinga. Passaram a meu lado, abraçados, e Djinga sussurrou, cavalinho valente. Retiraram-se discretamente para o bosque e se amaram com a luz do sol em seus corpos.

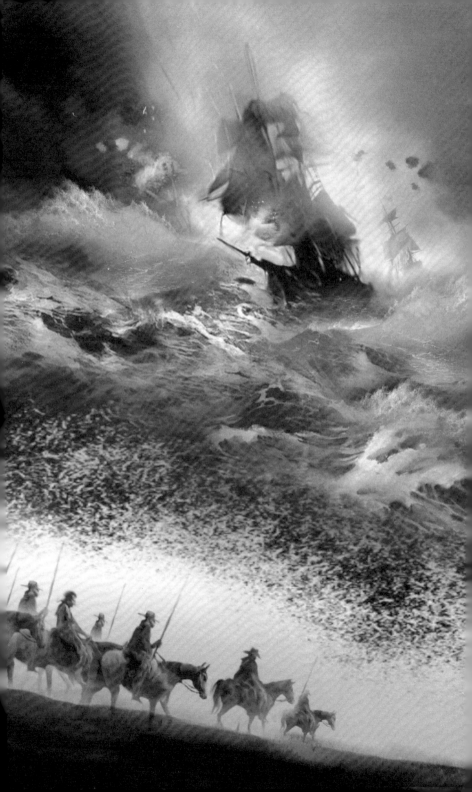

11

Fomos mandados para o grande esforço que seria a tomada do porto de São José do Norte. Os farroupilhas precisavam tomar aquele porto de qualquer maneira, pois, segundo diziam, a república estava sendo estrangulada sem um porto de mar. Houve uma tentativa fracassada de envolver o vizinho estado de Santa Catarina na causa republicana, um ano antes. Exércitos de cavalaria e de infantes, mais os barcos do italiano Garibaldi, invadiram aquela província, tomaram Laguna e fundaram a República Juliana, mas não conseguiram sustentá-la. Sendo assim, fomos mandados para o distante sul do Rio Grande com a grave missão de sitiar e ocupar São José do Norte, mas as coisas mais uma vez não saíram como os farroupilhas planejaram. Depois de um duro combate que durou três dias, em meio à violenta tempestade marítima que erguia ondas de seis metros e as jogava contra o cais, os farroupilhas romperam a defesa das muralhas e entraram na vila. O combate se estendeu em cada rua, em cada viela, nos becos escuros e depois de casa em casa, mas os imperiais não se rendiam. Soube que, nessa manhã de inverno gelada e escura, o Estado Maior de Bento Gonçalves apresentou a única saída para o impasse: incendiar a cidade. Queimar tudo e ficar com o porto. Dizem que o general foi sucinto. A esse preço não quero a vitória. E ordenou a retirada.

12 E começamos a longa viagem de regresso, formando uma fila triste e calada, muito lenta, quase se arrastando pela beira do enorme mar cinzento. Estávamos exaustos e infelizes, ainda dominados pelas fortes sensações dos últimos acontecimentos. Fiquei quase uma tarde toda numa curva do caminho, perto de uma figueira cheia de frutos ainda verdes, dormitando sob a chuva fininha. Os soldados passavam e se serviam de água. Então eu levei um susto, fiquei trêmulo, tomado de emoção, genuína e antiga, porque o general Bento Gonçalves da Silva chegou a cavalo, acompanhado por vários oficiais do seu Estado Maior. Todos vestiam compridas capas negras, molhadas, uma sombra escura de derrota nos olhos. O general desmontou com cansaço. Estava envelhecido. Cavalgava aquele mesmo cavalo arrogante só músculos, com os arreios de prata. Aproximou-se de mim, pegou a concha e bebeu alguns goles. Ofereceu-a no ar, alguém quer beber? Nenhum dos oficiais disse que sim. O general recolocou a concha na argola da barrica, voltou para o cavalo, que continuava enorme e musculoso, montou e foi embora, cercado pelos oficiais.

13 Passaram muitos dias chuvosos e longos, chuvosos e longos. Até que um dia, ainda cinzento, calhandras começaram a cantar sem parar, escondidas num pé de pitangueira, e percebi que as chuvas estavam por terminar. Isso queria dizer que talvez recomeçassem as marchas. Redemoinho procurava saber tudo sobre a guerra, e acabava sabendo mesmo, menos uma coisa: para onde marchávamos. Ninguém nunca sabia para onde marchávamos. Então chegou a ordem de marcha. Fomos mandados para a fronteira com os castelhanos. Não gostei, a fronteira trazia intuições

sombrias. Fatumbi se encrespou, alerta. Ele marchava montado na Moura e eu carregava Djinga, logo atrás do Gavião. Fatumbi contou para Djinga que conhecia bem os tais castelhanos. Ao contrário dos outros cativos capturados na África, Fatumbi, que na ocasião de sua captura na aldeia onde morava tinha nove anos e se chamava Aluman, não foi levado para o porto da Bahia ou do Rio de Janeiro. Para fugir do alto imposto cobrado nos portos brasileiros, os traficantes portugueses montaram uma rede de contrabando alternativa, porém mais longa. Eles levavam os sequestrados de Cabinda ou de Mina direto para Cartagena de las Índias, no Caribe, que foi onde Fatumbi conheceu os tais castelhanos. Do Caribe, seguiam por terra, pelo dourado litoral fervente do Pacífico, bordado de verdes palmeiras, até Callao. Da barroca Callao para Buenos Aires. A jornada era dura. Muitos sucumbiam e os corpos eram abandonados nas areias das praias. O pai de Fatumbi pegou uma febre muito forte e morreu ao seu lado, delirando. Fatumbi, que estava acorrentado a ele, arrastou-o pela areia durante horas de crescente desespero. Quando os traficantes perceberam que ele estava morto, não encontraram as chaves do cadeado para separá-los. Com um golpe de facão deceparam o braço do seu pai. Fatumbi tinha nove anos, mas não chorou. Queria ficar vivo e não chorar. Uma mulher cativa cuidou dele. Deu-lhe água e alimento e conforto. Quando chegaram a Callao foram separados. Ela disse, vou me lembrar de ti e te chamar Fatumbi, que quer dizer aquele que nasceu de novo pela graça de Ifá.

14 A fronteira desperta subitamente no meio da tarde. Na fronteira, todos os homens usam facas. A fronteira é a narrativa e o cenário de grandes feitos de grandes homens. Na fronteira, faz um baita dum calor. Castelhanos ferozes vivem no outro lado da fronteira. A fronteira sempre tem um rio e uma ponte e longas cercas de pedra ou apenas marcos. Mas, às vezes, não tem nada disso e aí a fronteira é invisível e é quando começamos a ficar preocupados, olhando para todos os lados, esperando que apareçam os centauros. De todos os monstros da fronteira, os mais difíceis de encontrar são os centauros. Por intermédio do Redemoinho, soube que os centauros são seres tristes e que muito os ofende que os considerem monstros. Mais de um terço da raça deles tem olhos verdes. Embebedam-se ruidosamente até a madrugada. Gostam de bailes de cola atada e andam sempre com uma faca. Na fronteira, todos usam facas. Os contrabandistas usam facas, mas são gentis. Os centauros também usam facas. Estamos agora na fronteira e andamos em fila, cuidando os pormenores da trilha: não há sinais. Fomos mandados para a fronteira para fundar uma cidade. Demos para ela o nome de Passo do Tigre. Depois ela se transformará em Uruguaiana. Não conto isso para me gabar.

15 No Passo do Tigre, Djinga gerou um menino, filho dela com Fatumbi. Recebeu o nome de Oranian, pois, segundo os mitos iorubás, esse orixá tinha o corpo dividido em duas cores: metade era negro, metade era branco. Fatumbi explicou que ele e Djinga eram tão diferentes e opostos como essas cores e deram o nome ao

filho na esperança de que ele os ajudasse a viver em harmonia. O nascimento de Oranian causou um espírito de paz que se impregnou no Corpo e enlevou a toda a gente, atravessou delicadamente a noite inteira e somente foi se esfumando bem de madrugada. E quando o dia começou a raiar, uma patrulha dos farroupilhas topou com uma patrulha avançada dos imperiais ali perto e estabeleceu-se um tiroteio breve, mas intenso. Todos acorreram e constatou-se que, graças a Deus, nem feridos houve, mas aí nós vimos Redemoinho com sangue no pescoço, tombado desajeitadamente sobre um relvado de minúsculas flores amarelas, chamadas Marias Moles. Cavalos e homens se aproximaram. Ele estava ali, pastando ao lado da Moura e dos dois potrinhos, quando foi atingido por uma bala perdida. A dor da pequena família comoveu a todos e eu fiquei com um nó na garganta que não podia desatar. Uma sentinela aproximou-se a galope e gritou que a patrulha era comandada pelo vil Cabeça de Moringue, e que há dias ele seguia o Corpo na tentativa de estender um cerco.

16

A notícia se espalhou no acampamento comprovada por vários bombeiros avançados: quem comanda a tropa que tenta nos cercar é o maldito conhecido como Cabeça de Moringue. Ah, isso sim era algo para nos aterrorizar. A fama do tal Cabeça de Moringue vinha desde os tempos que o italiano Garibaldi serviu no Corpo. Todo mundo já tinha ouvido falar na fama do tal Moringue. Ouvi o Gavião dizer para Fatumbi, o tal Moringue temos de respeitar, por pior que ele seja, é um verdadeiro centauro. Aquilo me atingiu. Fiquei pasmo. Então o Moringue era um centauro! Hoje não tenho certeza, já faz tanto tempo, mas naqueles dias passávamos com o coração apertado de ter que de repente entrar em combate contra monstros de olhos verdes, metade homens, metade cavalos. Djinga começou a ficar ansiosa e a confabular com suas quatro amigas, havia em cada uma delas a sensação de que algo estranho e perverso rondava o acampamento. Djinga confidenciou para Fatumbi que o Gavião andava muito contrariado e nervoso. A guerra já durava quase dez anos e a paz estava em lenta negociação no Rio de Janeiro. O ponto central da discórdia era o destino dos soldados negros, caso a paz fosse assinada. A julgar pelo mau humor do Gavião, a presença de Cabeça de Moringue nas cercanias tinha muito a ver com as negociações em andamento. Era para o Corpo ficar em estado de alerta. Mas Djinga, e isso eu sabia muito bem, já estava em alerta por conta própria há muito tempo. Nessa noite reuniu suas parceiras.

17

A noite foi de murmúrios e pequenas reuniões secretas no acampamento, porque as armas de fogo do Corpo foram sendo recolhidas. Pistolas, revólveres, rifles e arcabuzes antigos eram recolhidos e jogados em um enorme e sólido baú, e chaveado. A chave foi entregue ao novo comandante do exército farroupilha, o general Davi Canabarro. Toda a munição também foi recolhida e depositada num enorme baú, também sólido como rocha, e chaveado, e a chave foi entregue para o general Davi Canabarro. Com as sucessivas derrotas, Bento Gonçalves perdera prestígio e solicitara demissão. A sucessão no comando supremo cabia agora, por direito de antiguidade, a esse Canabarro, homem gordo, pesado, feroz e de olhos bem pequenos e bem redondos, um deles fechado, como se estivesse grudado com remela ou pus. Era inimigo do Gavião desde a retirada de Santa Catarina, por motivo das atrocidades que cometeu por lá. Presságios soturnos minavam a moral dos soldados. Por que tinham mandado recolher as armas do Corpo? A pergunta pairava sobre o acampamento. O Gavião afundava num silêncio terrível e eu vi Djinga discutir asperamente com Fatumbi sobre a segurança do pequeno Oranian e tive a sensação de que algo, como uma maldição, como dissimulado veneno, descia sobre o acampamento, ali, na noite estrelada do cerro de Porongos. Todos tinham medo de Canabarro e Canabarro não tinha medo de nada nem de ninguém, muito menos do tal Cabeça de Moringue, se ele sentir minha catinga, sai em disparada, proclamava em voz alta para que todos ouvissem e depois dava tristes gargalhadas assustadoras. Canabarro tinha uma amante na sua barraca, uma mulher ruiva e grande, branca como coalhada, gorda como ele e que tinha o apelido de Papagaia, porque falava sem parar e repetia tudo o que os outros diziam.

18

Naquela noite, senti a presença enorme do exército imperial estendendo o cerco sem pressa, fechando todas as saídas. Tive um acesso de coragem comigo mesmo e pensei: hoje sou um veterano, tenho experiência, já passei por boas. É minha obrigação dar exemplo para os mais jovens. Mas há um pressentimento pairando sobre nosso acampamento que esmaga a todos. Todos nós já sabemos mais do que pressentimos. Vamos ficar cercados, vai ser um massacre. Nesse tempo todo que passou, desde que saí da fazenda da Dona para trazer o general para o sul, minha coragem cresceu muito. Afirmo isso sem orgulho. Coragem cresce devagarinho dentro da gente. É preciso paciência. Depende da vida que cada um leva. Mas hoje acho que estou pronto. É o maior apuro em que já me meti, é o maior apuro em que o Corpo já se meteu. Vou ficar ao lado da Moura e dos dois potrinhos. Não vou desgrudar deles. Vou ser seu guardião. Aproximei-me da Moura e disse no meu natural estilo, sem a menor noção de tato ou discrição, de que a protegeria. A ela e aos dois potrinhos, enfatizei. E diante de qualquer circunstância que se apresentasse, acrescentei. Ela me olhou sem menosprezo, mas com uma indiferença gelada, e não disse nada. Em seus grandes olhos orientais, a tristeza boiava. Era tão profunda a tristeza, tão verdadeira e dilacerante que eu me senti longe dela, tão inatingível, e, desalentado e tolo sem remédio como sempre soube que era, desejei afundar na terra, sumir do planeta, me desintegrar para sempre.

19 Avançávamos por um túnel de enormes árvores azuis por onde se filtrava o luar. Eu, Djinga e as quatro garotas, numa das empreitadas malucas da Djinga, planejada na última hora, num repente. Íamos ver se o cerco estava mesmo sendo estendido, e, para isso, atravessamos um campo raso com imensa cautela e depois um pequeno riacho e entramos então nessa alameda

azulada que parecia um túnel de majestosas árvores sombrias. Percebi sons e um movimento na sombra, Djinga deu um leve puxão nas rédeas, me alertando, e me ocultei atrás dos troncos. As quatro garotas agilmente também se esconderam e ficamos todos em total imobilidade. O exército imperial se aproximava em silêncio. As patas dos seus cavalos estavam cobertas com panos e couros. Formavam uma massa escura e poderosa, carregada de ameaças e silenciosa, silenciosa. Vi o vulto do tal Moringue na frente da tropa, todo de preto. Ele passou bem perto de nós, poderoso no seu mistério. Eu olhei para ele com todo cuidado, cada detalhe, de cima a baixo, e custei para acreditar. Ele não é um centauro. É um homem.

20

Saímos dali sem fazer ruído nenhum e deslizamos para o acampamento, onde entramos dando gritos de alerta, mas deu para ver que nossa intenção foi em vão, porque, na noite escura, uma sombra maior cresceu e avançou sobre nós, engolindo as barracas e os currais improvisados e aquilo monstruoso era o exército inteiro de Cabeça de Moringue e seu arsenal de morte. Vinham de todos os lados. Eram mais de dois mil e o Corpo não mais de trezentos lanceiros. Procurei pela Moura e os dois potrinhos e me juntei a eles. Fatumbi comandou a defesa ao lado do Gavião, mas não havia o que defender. Estávamos totalmente cercados e o único jeito de tentar manter a vida era romper o cerco e foi isso que fizemos como alucinados. Eu e Djinga e a Moura e Fatumbi e o Gavião e os dois potrinhos e o grosso do sargento e mais uns quarenta guerreiros conseguimos escapar de alguma maneira. Não sei como. Nenhum de nós sabe como. Em farrapos. Sangrando. Brandindo as armas, atropelando com as lanças. Corremos desesperadamente. Rompemos o maldito cerco. Infiltramo-nos no bosque próximo. Não paramos de correr. Gritando. Chorando. Odiando. Até cair, exaustos. E dormir. Dormir profundamente. O que aconteceu naquela noite de massacre em Porongos se resume a duas palavras: infâmia e horror.

21

O amanhecer aconteceu com o olhar da Moura sobre o meu. Eu não pedi isso, mas o piedoso Deus dos cavalos me deu essa benção. Perguntei pelos dois potrinhos e ela os mostrou bebendo tranquilos num riacho entre as árvores. Fatumbi contou o número dos que tinham escapado, falou brevemente e enfatizou que precisávamos nos afastar o máximo possível dos imperiais até ter notícias do resto dos republicanos. Dois lanceiros ampararam o Gavião e o sargento, que tinham sido atingidos por vários tiros e sofrido golpes de espada e lança, mas continuaram a combater. Foram erguidos para o lombo de seus cavalos. Fatumbi levantou a mão e fez um sinal de comando, iniciando a retirada. Ao fim do longo dia de marcha constante, quase sem parar, o sargento estava morto. Fui abatido por uma pena fina e aguda de ver ali, naquele chão de pedras, a boca morta do sargento, agora morto, a boca morta escancarada, faltando dentes, com a língua inchada, a boca que nunca utilizou para dizer o meu nome. O duro, áspero, intratável sargento estava morto como se fosse um brinquedo desmanchado e eu chorei. Chorei como nunca tinha chorado por ninguém, chorei alto e desatado e hoje acho que na minha fraqueza chorei foi por mim mesmo. Então, percebi que a Moura se moveu na sua inigualável elegância e se colocou a meu lado, sem dizer nada. Os dois potrinhos se aproximaram e se esfregaram em mim. Deram pequenas cabeçadas na minha anca. Mordi minhas lágrimas. O dia terminava mais uma vez. A pompa do crepúsculo nos convocava ao silêncio e à dignidade.

22 Transcorreram alguns dias de cansativa retirada, através dos bosques e dos caminhos mais difíceis. Carregávamos o Gavião cada vez mais pálido e exangue, quando os mensageiros nos alcançaram, exultantes. A guerra terminou, a guerra terminou, proclamavam do alto de seus cavalos velozes. Sim, mas a que custo. Fatumbi estava ajoelhado ao lado do Gavião. Levantou-se lentamente sem olhar para os mensageiros. O Gavião não respira mais, disse. Todos nós, cavalos, negros, índios, brancos, pedras, árvores, vastidões de céu e pampa chorávamos a morte daquele branco magro e esquelético, que parecia um trapo sujo no chão. Bendita sua morte, eu disse com raiva de mim mesmo, porque agora ele não sofre mais. Os gemidos que ele mordia por pudor estão calados. Benditos seus gemidos por terem calado.

23 E bendito este silêncio de céu escurecendo para a tempestade porque me faz recordar tanta coisa do meu passado, como aquela antiga mordida do leão baio e a ferida que ficou na minha perna por toda a vida. Bendito seja o trabalho que deu me acostumar com aquilo e superar a pena ou o desprezo com que me olhavam. Bendita seja a vertigem de medo que me deu quando desci a trilha do cânion com o general e bendita a chuva gelada que caiu em nossas costas. Bendita a montanha de mortos depois da batalha de Rio Pardo, do fogo que os devorou e o cheiro odioso que às vezes

volta numa traição da memória, porque tudo isso faz parte do que eu me tornei. Maldita, porém, seja a luz prateada que eu vi deslizar no dorso vermelho de Esmeralda, em uma noite de lua cheia, mil vezes maldita, porque essa dor, essa dor não termina.

24

Enterramos o Gavião embaixo duma figueira, enquanto se formava o temporal no horizonte. A rainha rezou na língua dela e pediu aos orixás pela alma do guerreiro branco. Há muito eu já sabia que os seres humanos inventam fórmulas e conceitos para se proteger e consolar, mas já percebi também que, de modo geral, a natureza é indiferente a essas especulações. Ficamos muito tempo num silêncio amargo, fazendo um círculo em torno da figueira que se retorcia e estalava com a força do vento, pensando no nosso amigo, no seu destino, nas suas razões. Então Fatumbi começou a cantar com sua voz de ouro, e todos os guerreiros e guerreiras começaram a bater com as lanças e os escudos no peito num crescendo compassado e frenético que me transportava para o alto, para bem longe, para uma emoção funda e afiada e nova e, de repente, pararam todos de bater ao mesmo tempo. O brusco silêncio, limpo e purificado, nos uniu tão súbita e profundamente que esqueci que era um cavalo, e pedi a Deus, qualquer Deus, dos homens, dos animais, das pedras, das folhas que recebesse o espírito daquele homem que tinha ido embora. Um raio estalou no céu, bem longe, e o som veio rolando pela escuridão da tempestade que crescia. E então a rainha Djinga disse, a guerra terminou, mas não para nós! Vamos buscar um lugar para viver longe dos escravistas, vamos fundar um quilombo no meio do mato, onde esses desgraçados não nos achem pra nos meter em correntes mais uma vez! Apanhou o estandarte do Corpo de Lanceiros, ergueu-o bem alto e o estendeu para Fatumbi. Vamos avançar, ela disse, e me cutucou com os calcanhares. Comecei a avançar com a cabeça erguida no instante em que o temporal desabou. Avançava na frente de todos, lado a lado com a Moura que carregava Fatumbi que carregava o estandarte. Eu carregava a rainha Djinga, que carregava o príncipe Oranian. E eu carregava também meu medo e minha coragem. A lembrança casual disso me deu um entusiasmo meio bobo, desses que me acompanharam a vida toda, mas um entusiasmo que era só meu e de mais ninguém. Ergui a cabeça ainda mais. Avançávamos. Começou a soprar um vento gelado, mas avançávamos. A chuva caía com força em cima de nós, trovoadas rolavam por cima de nós, mas avançávamos. Estávamos molhados até os ossos, mas avançávamos.

FIM

Capa e projeto gráfico: Marco Cena
Revisão: Maitê Cena
Produção editorial: Bruna Dali e Maitê Cena
Produção gráfica: André Luis Alt

Dados Internacionais de Catalogação na Publicação (CIP)

R894m Ruas, Tabajara
　　　　　Minuano. / Tabajara Ruas. – 3ª edição – Porto Alegre: BesouroBox, 2016.
　　　　　104 p.: il.; 14 x 21 cm

　　　　　ISBN: 978-85-99275-87-0

　　　　　1. Literatura Sul-rio-grandense. 2. Romance. I. Título.

CDU 821.134.3(816.5)-31

Bibliotecária responsável Kátia Rosi Possobon CRB10/1782

Copyright © Tabajara Ruas, 2016.

Todos os direitos desta edição reservados a
Edições BesouroBox Ltda.
Rua Brito Peixoto, 224 - CEP: 91030-400
Passo D'Areia - Porto Alegre - RS
Fone: (51) 3337.5620
www.besourobox.com.br

Impresso no Brasil
Julho de 2016